# ¡Qué locura por la lectura!

BIBLIOTECA PÚBLICA

BIBLIOBÚS

ZOO

por JUDY SIERRA

ilustrado por MARC BROWN
traducido por YANITZIA CANETTI

LECTORUM
PUBLICATIONS INC.
a subsidiary of Scholastic Inc.
New York

Fue en verano; 2002, así todo comenzó:
Moly, la bibliotecaria de Springfield, se equivocó.
Su biblioteca ambulante al zoológico llevó.
Al llegar abrió la puerta y sacó la escalerilla,
prendió su computadora y se acomodó en la silla.

Los animales miraron con alguna indiferencia,
pero a Moly no había quién le hiciera resistencia.

Cuando leyó a Dr. Seuss, con tremenda entonación,
cautivó de inmediato a un alce y a un visón.
Atrajo a un wombat, a un orix, también a un lince,
a un lémur, a ocho elefantes y a estincos, más de
quince.

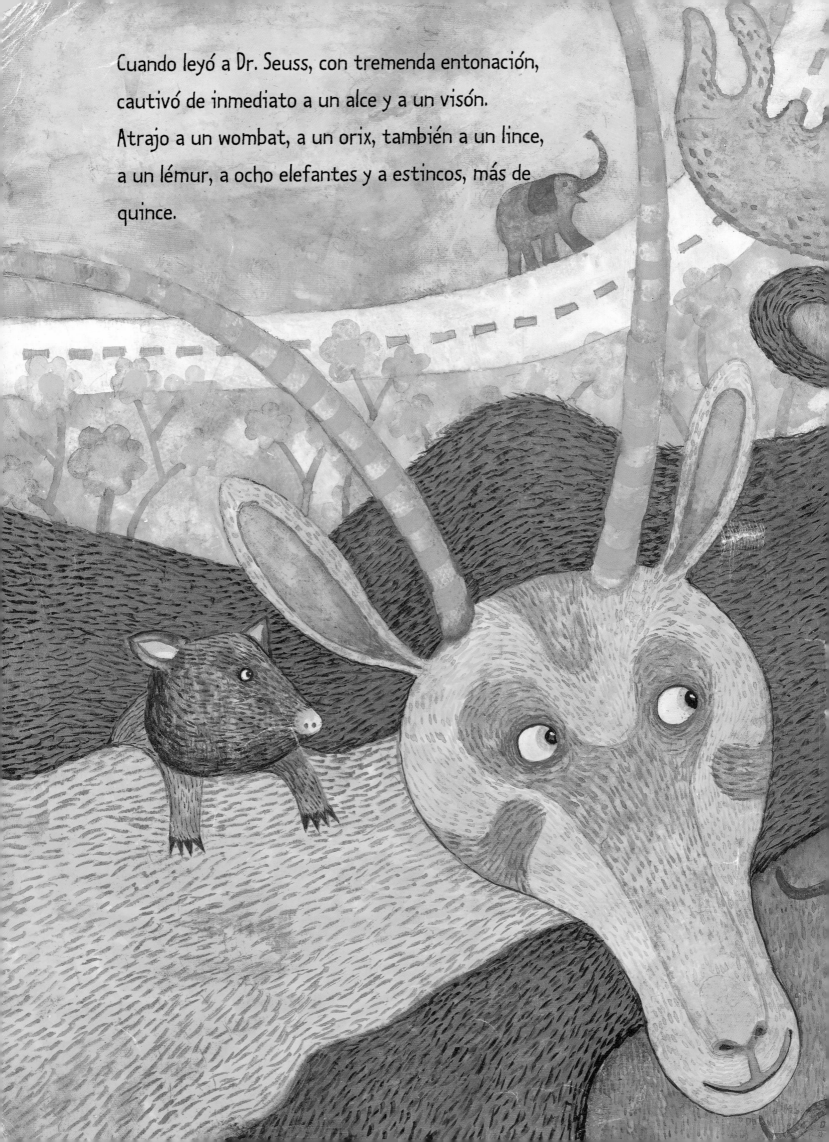

Entonces los animales comenzaron a correr
para saber qué era aquello que se llamaba *leer*.

Abandonaron sus cuevas, sus rincones y sus nidos.
Locos, locos se volvieron con los libros divertidos:
libros flacos, libros gordos y el de *El Gato con sombrero*.
Libros nuevos, de instrucciones y relatos verdaderos.

Los grillos los querían chicos, las jirafas, espigados.
Y los gecos leían libros en las paredes pegados.

Libros escritos en chino solicitaban los pandas
y Moly, tan complaciente, cumplía con sus demandas.
Encontró para la nutria varios libros sumergibles.
*Harry Potter*, bajo el agua... ¡Ahora sí era posible!

Los mapaches leían solos, los babuinos se agrupaban.

Y las llamas leían dramas y al mismo tiempo almorzaban.

Las hienas leían chistes a las culebras rojizas,
y aullaban y silbaban, atacadas de la risa.

Un canguro trepa árbol que adoraba a Nancy Drew
resolvió un gran misterio como algo muy común:
como por qué se atrasaban los libros del bandicut.

Moly, amable, les mostraba cómo tratar bien los libros
porque la boa constrictor apretaba mucho a *Crictor*.
Hasta *Buenas noches, Luna* los conejos ensuciaban
y las termitas gigantes *El Mago de Oz* devoraban.

Los osos querían los libros de una forma exagerada.
De tanto lamer sus hojas, los dibujos se borraban.

Los dasiuros encontraron los libros tan excitantes
que empezaron a escribir y dejaron de pelearse.
Inventaron aventuras tan nuevas y emocionantes
que los otros decidieron ser autores importantes.
Con su cola los pitones se pusieron a escribir;
con sus picos los pingüinos, con su púa el puerco espín.

Los insectos escribían haikús muy interesantes
Los escorpiones les hacían unas críticas punzantes.

Era de noche y llovía. Muy fuerte el viento soplaba. La luna no aparecía y un lobo feroz aullaba.

La novela del guepardo ya casi se terminaba.
El mono de berbería cada noche la escuchaba.
Y aunque no era la gacela muy buena para escribir,
igualita que los otros, tenía historias que decir.

Imagina la sorpresa que Hipólita se llevó
cuando supo que su libro el Premio Zoolitzer ganó.

FANGO EN MIS VENAS

Hipólita

Con tantos libros nuevos, Moly tenía que actuar.
Construiría una biblioteca en aquel mismo lugar.
Contrató a una cigüeña, a un ñu y a doce castores
que entusiasmados estaban de ser colaboradores.

Los animales gritaron: "¡Sí, sí, podemos hacerlo!
Podemos prestar los libros y podemos devolverlos".

Así lo hicieron y así lo hacen hasta hoy día.
¡Qué viva la biblioteca! ¡Hurra! ¡Hurra! ¡Qué alegría!

Cuando vayas al zoológico seguro que entenderás
por qué a algunos animales no es muy fácil encontrar.
Están en cuevas, rincones o en nidos a gran altura.
porque a todos les ha dado, ¡locura por la lectura!

Este libro es para nuestro doctor,
artista, poeta y creador de diversión favorito.
Theodor Seuss Geisel, 1904-1991

—Judy Sierra y Marc Brown